LITERA

Wicklungen

Herstellung und Verlag:
BoD - Book on Demand, Norderstedt

ISBN: 9 783752 820959

Inhaltsverzeichnis

Wicklungen

Trio

-Frank Siebel-

Wenn ich mich vorstellen darf: Ich heiße Markus – und ich bin ein Schwein. Zumindest denken das Frauen von mir. Beziehungsweise, sie würden es denken, wenn sie mich näher kennen würden.

Ich gehe nämlich fremd. Mehrfach. Ich pflege Beziehungen zu drei Frauen, die nicht voneinander wissen. Das ist jetzt nicht gelogen oder maßlos übertrieben. Nein, nein.

Vor zehn Wochen habe ich es auch bei Sophia geschafft. Die Monate davor hatte ich nur zwei Bälle im Spiel, bis ich auch dieses hübsche Goldstück von mir überzeugen konnte. Wie ein Jongleur habe ich auch sie fließend in meinen ganz persönlichen Liebesreigen eingefügt. Ich werfe sie mit der einen Hand hoch, sehe zu, wie sie fällt, um sie dann mit der anderen Hand wieder aufzufangen – bildlich gesprochen natürlich. So geht es reihum, ein ewiger Kreis.

In moralischer Hinsicht ist mein Handeln natürlich nicht zu vertreten. Aber das kümmert mich nicht. Moral ist was für Spießer und Theologen. Ich kann damit nichts anfangen. Ich gebe meinen Frauen, was sie brauchen, sage, was sie hören wollen. „Gibt es da noch eine andere Frau in deinem Leben, Markus?" Und ich, im Ton gerechter Entrüstung: „Wie kannst du so etwas auch nur denken? Natürlich nicht! Ich liebe nur dich." Und was machen sie? Sie lächeln. Immer. Ich mache sie glücklich. Was bitte, ist daran falsch?! Außerdem habe ich viel Spaß mit ihnen: Mit Sophia und ihrem italienischen Temperament, mit Julia – das „J" wird englisch ausgesprochen – und ihrem Herz aus Gold. In ihrer Wohnung leben drei Katzen, die sie als Streuner von der Straße geholt und bei sich aufgenommen hat. Und dann Anna: groß, schlank, lange blonde Haare. Im Abendkleid ist sie eine Göttin. Leider nicht die Göttin der Weisheit, denn Anna ist intellektuell leider so unter dem Durchschnitt, dass sie bei ‚Wer wird Millionär?' regelmäßig an der Fünfzig-Euro–Frage scheitert. Anna hat andere Qualitäten, so wie Sophia und Julia auch jeweils das gewisse Etwas für mich haben, aber in dieser Hinsicht bleibe ich lieber diskret.

Das Führen einer Beziehung mit gleich drei Frauen ist nicht einfach. Neben einer exakten Tages- und Wochenplanung bedarf es eines sicheren Umgangs mit der präsentierten Identität. Für die eine arbeite ich bei einer Versicherung im Außendienst, für die andere bin ich ein Ingenieur, für die dritte ein IT–Experte, der Firmen auch im Ausland berät. Davon stimmt natürlich nichts, aber ich muss meinen Herzblättern ja irgendwie erklären, warum ich nicht jeden Tag bei ihnen sein kann. Verbringe ich ein paar schöne Tage mit Sophia, bin ich für die anderen eben beruflich unterwegs. So geht das hin und her, und das seit fast einem Jahr.

Was die Sache schwierig macht: Meine Eroberungen sind nicht blöd – na gut, Anna ist ein Sonderfall -, aber grundsätzlich sind das alles gestandene Frauen Mitte, Ende dreißig, die entweder - so wie ich - geschieden sind oder in Trennung leben, was sie naturgemäß zunächst einmal misstrauisch gegenüber neuen Männerbekanntschaften macht. Doch wenn sie einem Mann begegnen, der mit beiden Beinen im Leben steht, der verständnisvoll und zurückhaltend ist, der sie respektiert und umschmeichelt, der nach einer großen Enttäuschung sich endlich wieder neu verlieben möchte – das lässt in der Regel keine Frau kalt. Hinsichtlich Letzterem bin ich, wie gesagt, tatsächlich geschieden, allerdings sind Corinna und ich uns nach zwölf Jahren Ehe so auf die Nerven gegangen, dass wir uns sogar einigermaßen einvernehmlich getrennt haben. Sie bekam den Hund und das Haus, ich meine Freiheit, und ich kann mit Fug und Recht behaupten, dass ich seit dieser Zeit ein glückliches und zufriedenes Leben führe.

Im Augenblick jedoch nicht so sehr, wie ich einräumen muss. Ich liege nämlich seit vier Tagen im Bett. Im Sankt Johannes Hospital genauer gesagt, Haus B, Station zwei, Zimmer zweihundertsechzehn. Ich war gerade auf dem Weg zu Julia, als so'n Idiot plötzlich von rechts auf die Überholspur zog. Ich konnte nicht mehr bremsen und BÄMM! Dann quietschten hinter mir Bremsen, ein heftiger Schlag schob meinen Nissan nach vorne; im Anschluss Schmerzen und Rettungswagen mit Tatütata. Glücklicherweise ist trotz dem ganzen Theater keinem richtig was passiert. Dem Typ vor mir nicht, und dem, der mir hinten aufgefahren ist, auch nicht. Ich bin mit blauen Flecken, einer üblen Platzwunde an der Stirn, einem verrenkten Nacken und einem gebrochenen Bein davongekommen. Scheiße, aber was soll man machen. Die einzigen, die wirklich nerven, sind meine Zimmernachbarn: Ein verkalkter Greis, der an der Hüfte operiert wurde und nachts aus unerfindlichen Gründen immer nach einer „Hannelore" schreit, und ein Hobbyfußballer Anfang zwanzig, dem die Bänder gerissen sind und der fast täglich von seiner kompletten Mannschaft besucht wird, die „Alter" und „Digger" zu ihm sagen.

Nun liege ich hier mit Verband um den Kopf und das Bein in Gips, aber wenigstens gibt es auf der Station eine bildhübsche junge Krankenschwester, deren Anblick mir den Aufenthalt in dem Bau etwas versüßt.

Dazu wohnt Julia nur ein paar Straßen von der Klinik entfernt. Natürlich war sie beunruhigt, als ich nicht, wie vereinbart, bei ihr erschien, doch informierte ich sie über mein Missgeschick sobald ich in der Lage war, von meinem Zimmer aus zu telefonieren. Seitdem ist sie jeden Tag bei mir und versorgt mich mit allem, was ich brauche.

Zuerst brauchte ich mein Smartphone, denn für Anna war ich zurzeit in der Schweiz und München hatte ich als frei erfundene Residenz für meine heißblütige Sophia ausgesucht. Kurz, für sie durfte ich überhaupt nicht hier sein.

Nach dem Unfall war mein nun schrottreifer Nissan von einem örtlichen Abschlepp- unternehmen mitgenommen worden. Ich schrieb Julia eine Vollmacht, mit der sie dort hinging, um mein Smartphone und das dazugehörige Ladekabel zu beschaffen, die bei dem Unfall in dem Wagen liegen geblieben waren. Das klappte reibungslos. Natürlich erwarteten mich allerhand erst verärgerte, dann zunehmend besorgte SMS und Sprachnachrichten, die Auskunft über meinen Verbleib verlangten. Verständlich, immer- hin war ich für meine Schnuckis ein paar Tage komplett von der Bildfläche verschwunden. Ich schrieb Anna und Sophia, dass mich leider unvorhergesehene Probleme bei der Arbeit länger an meinem derzeitigen Aufenthaltsort festhalten würden, gleichzeitig irgendein Defekt bei meinem Smartphone aufgetreten sei, was dazu führe, dass ich nicht mehr telefonieren könne, aber Schreiben ginge. Was soll ich sagen - die waren so froh, überhaupt wieder von mir zu hören, dass es keine weiteren Nachfragen gab. An dem Punkt wundere ich mich wirklich, wie naiv manche Frauen sind. Wenn mir eine mit so einem dämlichen Vorwand gekommen wäre …

Aber während ich nun so vor mich hin sinniere, klopft es. Die Tür geht auf und ich sehe, dass dem Fußballer mir gegenüber die Augen aus dem Kopf treten – und mir auch. Das kann nicht sein, denke ich. O, verflucht! „Hallo Marcus", sagt Sophia mit einem Strauß Blumen in der Hand. Sie geht drei Schritte, dann ist sie an meinem Bett.

„Ja, äh …", sage ich nach einer Weile, mehr kriege ich nicht raus. Ich bemerke, dass der Fußballer die Lippen bewegt. „Boah, Alter", will er mir wohl mitteilen – im Lippenlesen bin ich nicht so gut - und er hebt den rechten Daumen. Anscheinend findet er Sophia attraktiv. Ich auch, aber in diesem Moment hat sie hier absolut nichts verloren.

Der Hüft-OP-Knacker schläft. Sonst ist niemand im Zimmer. Ein Blick auf mein Smartphone: dreizehn Uhr einundfünfzig. Um vierzehn Uhr kommt Julia. Auf die Minute um dreizehn Uhr dreißig füttert sie die Katzen: Pussy, Pünktchen und Maunzi. Julias Tochter heißt Lara. Offensichtlich hat sich bei der Namensgebung für das Kind Julias Mann durchgesetzt. Nach dem Füttern räumt sie noch kurz die Wohnung auf, dann macht sie sich auf den Weg. Und in wenigen Minuten werde ich ein Problem haben. Ein riesiges Problem.

Sophia hat rote Tulpen gekauft. Eine nette Geste, doch macht sie nicht den Eindruck, als würde sie für ihren verletzten Liebhaber sonderlich viel Mitleid empfinden. „Markus", sagt Sophia jetzt, „ich verstehe das irgendwie nicht. Ich dachte, du bist in München." „Hör zu, Schatz", gebe ich zurück, „ich kann das erklären." Keine

Ahnung, wie ich das erklären soll, aber ich muss Zeit gewinnen. „Doch sag mal, wie hast du mich überhaupt gefunden? Ich meine, woher wusstest du dass ..." Und dann erklärt mir Sophia, dass vor vier Tagen ein paar von diesen verabscheuenswürdigen Autobahngaffern die zerstörten Wagen an der Unfallstelle gefilmt und auf Facebook hochgeladen hatten. „Ich habe eine Weile gebraucht, bis ich erkannt habe, dass das wirklich dein Wagen ist, den ich da gesehen habe", fährt Sophia fort, „aber dann habe ich einfach einige Krankenhäuser in der Umgebung angerufen und nach dir gefragt, und hier bin ich endlich fündig geworden."

Verdammter Mist!, denke ich. „Ich kann dir nicht sagen, wie sehr ich mich freue, dass du da bist", sage ich. Danach will sie wissen, wie ich einen Unfall fünfhundert Kilometer von München entfernt haben kann, wo ich doch angeblich noch länger dort arbeiten muss. Ich antworte, dass ein Notfall in der Familie meine sofortige Rückkehr erforderlich gemacht hätte, und auf der Fahrt nach Hause ist so ein Idiot plötzlich auf die Überholspur, und ich konnte nicht mehr bremsen und na ja. „Und ich hätte dich natürlich sofort aus dem Krankenhaus angerufen, aber mir ging es wirklich, wirklich schlecht. Ich bin froh, dass ich heute mal ein paar Sätze ohne Schmerzen sprechen kann."

Bis kurz vor zwei lüge ich weiter wie am Schnürchen – meine arme alte Mutter war zu Hause gestürzt, Notoperation, aber, ein Glück; es geht ihr wieder besser -, dann schicke ich Sophia runter in die Cafeteria, um eine Vase für die Blumen zu organisieren. Wahrscheinlich gibt es da keine, aber ich habe sie erstmal aus dem Zimmer. Schwein gehabt, denn, kaum ist sie raus, steht, wie erwartet, Julia vor mir. Sie hat mir eine

Zeitschrift mitgebracht. Ich bedanke mich und berichte, dass ich seit vorhin unter furchtbaren Kopfschmerzen leide und schon eine Tablette genommen habe. Ob es ihr etwas ausmachen würde, später noch mal wiederzukommen? Vielleicht so um fünf? „Natürlich macht mir das nichts aus", sagt Julia. „Ich habe es ja nicht weit." Sie streichelt mir kurz über den Kopf. „Mein armer Liebling. Dann lasse ich dich mal lieber in Ruhe. Erhol dich gut. Also, bis gleich." Sie küsst mich auf die Stirn und geht. Ich gönne mir ein Lächeln. Bis fünf bin ich Sophia sicher los geworden. Und wie auf Kommando klopft es wieder, und die Tür geht auf. „Na, Sophia, hast du eine schöne Vase gefunden?"

„Wer ist Sophia?", fragt Anna, die plötzlich vor mir steht. Ich habe gar nicht gehört, wie sie reingekommen ist. Sophia muss die Tür gerade nur angelehnt haben. Ich glaube das nicht. Erst

Sophia, jetzt taucht Anna mit einem Mal auf. Hat sich denn heute alles gegen mich verschworen? Mir ist klar, dass ich spätestens zu diesem Zeitpunkt richtig in der Klemme sitze. „Hallo, mein Augenstern." Ich finde, meine Stimme klingt irgendwie belegt. „Das ist aber eine Überraschung. Was machst du denn hier?"

„Die Frage ist, was du hier machst", kontert Anna. „Ich dachte, du bist in der Schweiz."

„In München ist es auch schön", wirft der Fußballer mit einem ekelhaften Grinsen ein und wütend wünsche ich ihm in Gedanken eine trostlose Zukunft als Sportinvalider.

„Ja, äh, einen Unfall. Ich hatte einen Unfall", stammele ich.

„Das weiß ich. Ich hab deinen Wagen auf Facebook gesehen." Anna verschränkt die Arme und mustert mich mit finsterer Miene. Auch ihr berichte ich von dem schrecklichen Unfall meiner Mutter, und dass es ganz schlecht für sie aussah, und dass die Ärzte wollten, dass ich nach Hause komme, aber auf dem Weg dort hin ich selber verunglückte, aber meiner Mutter ginge es jetzt wieder viel besser.

„Du, ich brauchte gar nicht in die Cafeteria, eine nette Schwester hier auf der Station hat ...“ Sophia trägt eine schmale Porzellanvase mit gelben und blauen Tupfen. Bevor sie ging, hatte sie die Blumen auf dem kleinen Beistelltisch neben meinem Bett abgelegt. „Da ist sogar schon Wasser drin“, sagt sie unbekümmert, doch ihr Blick huscht neugierig zwischen Anna und mir hin und her. Ich sehe, wie der Fußballer noch breiter grinsend die Arme nach hinten legt und seinen Kopf auf die Handflächen platziert. Sophia tritt zu mir an das Bett. „Hallo“, sagt sie freundlich zu Anna, und zu mir: „Willst du mir deine

Besucherin nicht vorstellen, Schatz?" Sie umrundet das Bett und stellt die Vase auf den Tisch.

„Schatz?" Anna kneift die Augen ein wenig zusammen. „Markus, Liebling, wer ist das?"

Sophia erstarrt. „Liebling?" Sie fixiert Anna mit einem Blick, der in der Lage wäre, Stahl zu verbiegen. „Entschuldigung, wer sind Sie?"

Ich will etwas sagen, aber Anna kommt mir zuvor. „Ich bin Anna. Ich bin mit Markus zusammen. Wir sind so gut wie verlobt, stimmt's, Markus?"

„Verlobt?", schnappt Sophia. „Markus, verflucht, wovon redet die Frau?"

„Das haben Sie doch gehört", giftet Anna. Ihr Gesicht ist ganz rot. „Vielleicht sagen Sie mal, wer Sie sind?"

„Ich bin seit drei Monaten mit Markus zusammen und wir lieben uns. Ich habe keine Ahnung, wie Sie auf den Quatsch mit dem ‚verlobt sein' kommen, aber wir …"

„Ich kenne Markus seit fast einem Jahr und ich weiß nicht, wer Ihnen das Recht gibt …" Anna stockt. Sie steht jetzt wie eine Statue da. Eine ganze Weile rührt sie sich keinen Zentimeter. So sieht sie immer aus, wenn sie etwas begreift und in diesem Augenblick sagt sie: „Oh."

Nun habe auch ich das Gefühl, etwas sagen zu müssen. „Hört mal, Mädels, lasst uns das wie Erwachsene klären, okay? Ich meine, das ist ein Krankenhaus, da ist so'n Stress echt nicht angesagt."

Drei, vier Sekunden ist es totenstill. Dann sagt Sophia: „Du mieser Drecksack. Du mieser, hinterhältiger Drecksack bist die ganze Zeit auch mit ihr" – sie zeigt auf Anna – „zusammen gewesen. Du hast mich belogen und betrogen."

Darauf Anna: „Ich kann das nicht glauben, Markus? Hast du wirklich was mit dieser Frau?"

Was soll ich darauf antworten? „Ich weiß, wie das jetzt aussieht, aber du siehst das irgendwie falsch ..."

„Hast du was mit dieser Frau?"

Ich bitte Anna nicht so laut zu schreien, weil der alte Mann gegenüber schläft.

Sophia beginnt mich zu beschimpfen; erst auf deutsch, dann auf italienisch. Anna greift nach der Bettdecke, unter der ich liege, und reißt diese auf den Boden. Sie ballt die rechte Faust und schlägt mir zwei Mal mit voller Wucht gegen die Rippen. Sophia unterbricht ihre Tirade, um die Blumen aus der Vase zu nehmen und mir das Wasser ins Gesicht zu schütten.

Plötzlich stürmt Julia aufgeregt in das Zimmer: „Ich muss es dir unbedingt sofort erzählen, Liebster. Der Arzt hat gerade angerufen: Unsere Pussy ist schwanger."

Knoten

-Nuri Ortak-

Herr Grindel tut Herrn Maier einen Gefallen.

Er musste ihm einfach helfen.

Herr Grindel hasst es, wenn man Gefälligkeiten nur in Erwartung einer Gegenleistung erweist.

Warum muss immer eine Hand die andere waschen?

Traurig, wenn nichts mehr ohne Hintergedanken getan wird.

Wahrer Lohn beruht auf Freigebigkeit.

Andererseits ist es auch schön, wenn eine Leistung von einem anderen gewürdigt wird.

Woher weiß man sonst, ob der andere dankbar ist?

Herr Maier ist Herrn Grindel wirklich dankbar.

Er möchte aber nicht, dass seine Dankbarkeit zu einer inhaltsleeren Pflichtübung wird.

Das entwertet nur den ganzen Vorgang.

Er hat leider keine Ahnung, wie er seine Schuld bei Herrn Grindel abtragen kann.

Mit einer schnöden Einladung zum Essen ist es damit nicht getan.

So viel steht fest.

Er unternimmt zunächst nichts und wartet auf den passenden Augenblick.

Herr Grindel glaubt, dass Herr Maier glaubt, dass Herrn Grindels Hilfe selbstverständlich war.

Herr Maier glaubt, dass Herr Grindel glaubt, dass Herrn Maiers Gegenleistung selbstverständlich ist.

Herr Grindel glaubt, dass Herr Maier glaubt, dass Herr Grindel glaubt, dass Herr Maier glaubt, dass Herrn Grindels Hilfe selbstverständlich war.

Herr Maier glaubt, dass Herr Grindel glaubt, dass Herr Maier glaubt, dass Herr Grindel glaubt, dass Herrn Maiers Gegenleistung selbstverständlich ist.

Herr Grindel ist irritiert, denn er glaubt, dass Herr Maier ihn im Ungewissen lässt.

Herr Maier ist irritiert, denn er glaubt, dass Herr Grindel ihn im Ungewissen lässt.

Herr Grindel glaubt, dass Herr Maier weiß, dass Herr Grindel glaubt, dass Herr Maier ihn im Ungewissen lässt.

Herr Maier glaubt, dass Herr Grindel weiß, dass Herr Maier glaubt, dass Herr Grindel ihn im Ungewissen lässt.

Herr Grindel glaubt, dass Herr Maier sich absichtlich so verhält.

Herr Maier glaubt, dass Herr Grindel sich absichtlich so verhält.

Je irritierter Herr Grindel ist, desto wütender wird er.

Je irritierter Herr Maier ist, desto wütender wird er.

Herr Grindel glaubt, dass Herr Maier ihn wütend machen will.

Herr Maier glaubt, dass Herr Grindel ihn wütend machen will.

Herr Grindel glaubt, dass Herr Maier weiß, dass Herr Grindel glaubt, dass Herr Maier ihn wütend machen will.

Herr Maier glaubt, dass Herr Grindel weiß, dass Herr Maier glaubt, dass Herr Grindel ihn wütend machen will.

Herr Grindel glaubt, dass etwas geschehen muss.

Herr Maier glaubt, dass etwas geschehen muss.

Herr Grindel glaubt, dass Herr Maier weiß, dass Herr Grindel glaubt, dass etwas geschehen muss.

Herr Maier glaubt, dass Herr Grindel weiß, dass Herr Maier glaubt, dass etwas geschehen muss.

Herr Grindel glaubt, dass Herr Maier Herrn Grindels Hilfe gegen Herrn Grindel verwendet.

Herr Maier glaubt, dass Herr Grindel seine Hilfe gegen Herrn Maier verwendet.

Herr Grindel glaubt, dass Herr Maier weiß, dass Herr Grindel glaubt, dass Herr Maier Herrn Grindels Hilfe gegen Herrn Grindel verwendet.

Herr Maier glaubt, dass Herr Grindel weiß, dass Herr Maier glaubt, dass Herr Grindel seine Hilfe gegen Herrn Maier verwendet.

Herr Grindel hält Herrn Maier für intrigant.

Herr Maier hält Herrn Grindel für intrigant.

Herr Grindel glaubt, dass Herr Maier weiß, dass Herr Grindel Herrn Maier für intrigant hält.

Herr Maier glaubt, dass Herr Grindel weiß, dass Herr Maier Herrn Grindel für intrigant hält.

Herr Grindel glaubt, dass Herr Maier weiß, dass Herr Grindel glaubt, dass Herr Maier weiß, dass Herr Grindel Herrn Maier für intrigant hält.

Herr Maier glaubt, dass Herr Grindel weiß, dass Herr Maier glaubt, dass Herr Grindel weiß, dass Herr Maier Herrn Grindel für intrigant hält.

Das erklärt wohl die unschöne Szene gestern auf dem Firmenparkplatz.

Eine verzwickte Suada

-Nuri Ortak-

Meine Damen und Herren, Sie kennen mich als überzeugten, ja, glühenden Verfechter der Pressefreiheit, der schon, bevor er mit diesem verantwortungsvollen Amt das Privileg hatte betraut zu werden, an seiner Hochachtung vor der Rolle der Medien als Vierter Gewalt im Staate als Teilnehmer an so mancher Demonstration, gar im Winter, niemals auch nur die Spur eines Zweifels ließ. Umso betrübter, können Sie sich vorstellen, ließ mich der Vorwurf zurück, ich hätte in meinem hohen Amt Günstlingswirtschaft und Machtmissbrauch betrieben. Diesen Vorwurf weise ich auf das Entscheidendste zurück. Ich denke, die Bürgerinnen und Bürger draußen im Lande wissen sehr gut, dass ich mein Amt stets honorig ausgefüllt habe.

Um nun in den Kern der gegen mich erhobenen Vorwürfe einzudringen – die Entscheidung, Herrn Dr. Gebeneiner mit dem Bauauftrag für die neue Staatskanzlei zu betrauen, habe ich zu keinem Zeitpunkt forciert und ich verbürge mich dafür, dass die Entscheidungsfindung streng objektiv und neutral getroffen worden ist. Dr. Gebeneiner hat schlicht und ergreifend die übrigen Mitkonkurrenten bei seiner Performance aus dem Felde geschlagen. Im Übrigen ist er mir nicht direkt persönlich bekannt gewesen.

Wie bitte? Na schön, dann hat er eben zeitgleich mit mir die Universität besucht und in ein paar Seminaren mit mir zusammengesessen, aber ich würde das nun nicht gerade als ein enges freundschaftliches Verhältnis benennen. Ich kann mich jedenfalls nicht direkt entsinnen, dass ich auf seine Hochzeit eingeladen war und da eine Ansprache gehalten habe. Als Politiker rede ich viel. Na gut, Fotos kann man heute leicht fälschen, aber geschenkt. „Kennen" meinte ich eher in einem empathischen Sinne. Eine hochphilosophische Frage: Wann kennt jemand jemanden, ich meine: richtig?

Nein, ich weiche überhaupt nicht aus, mir ist ja selber schwer daran gelegen, dass alles auf dem Tisch ausgeräumt wird. Also, ich habe mir nichts zuschulden kommen lassen, und das wird der Untersuchungsausschuss auch bestätigen. Dahinter steckt selbstredend ein infames Komplott der Opposition, die da Morgenluft wittert, um einen unbeliebten Spitzenpolitiker aus dem Weg zu räumen, wenn ich mal so sagen darf. Ich meine natürlich: einen bei der Opposition unbeliebten Spitzenpolitiker, so viel Zeit muss sein, Ehre, wem Ehre gebührt.

Ja, es bleibt natürlich Dr. Freydank unbenommen, den Untersuchungsausschuss ebenfalls zu fordern, mit dem ich ein enges, vertrautes Arbeitsverhältnis habe, ich meine Dr. Freydank, auf der Grundlage des gegenseitigen Respekts. Meldungen über eine zerrüttete Beziehung zwischen uns beiden alten Schlachtrössern und Parteifreunden entbehren jedweder Faktiti-, Fakzi-, sind einfach nicht wahr.

Wie bitte? Das soll ich über ihn gesagt haben? Entschuldigen Sie, aber das ist erstunken und erlogen und ist so diese Art Gossenjournalismus, dem sich Ihr Magazin nicht anschließen sollte.

Dann lügen die Ohrenzeugen, ich meine, ich habe Herrn Dr. Freydank noch nie ein intrigantes Schwein genannt, das ist so gar nicht meine Stilistik.

Also, ein Vorschlag zur Güte: Wenn ich, was ich nicht, im Eifer des Gefechts, so etwas herausgerutscht wäre, was die eidesstattlichen

Versicherungen der Fraktionsmitglieder belegen, ich meine: belegen würden, das ist wohlgemerkt jetzt alles rein hypothetisch, dann muss man auch den Zusammenhang in Rechnung ziehen, ich meine: müsste man. Ich will mal so sagen: Unter Parteifreunden, die sich zum Teil jahrelang kennen, herrscht in vertrauter Atmosphäre halt auch mal ein zwangloser Ton vor, da müssen Sie nicht jedes Wort auf die Goldwaage stellen, also so ja nun nicht, da protestiere ich aufs Härteste!

Also, ich denke nicht, dass das, was sie da „Affäre" nennen, meinen politischen Karrierezielen schadet; also nicht wirklich. Ich will mal sagen, das ist ein ganz durchsichtiges Manöver, mehr nicht. Abgesehen davon fühle ich mich da, wo ich bin, gerade am rechten Platze, von daher stellt sich mir die Frage nach einer Kanzlerkandidatur in keinster Weise.

Nein, das heißt nicht, dass ich nicht kandidieren würde, ich meine, wenn man mich fragen würde. Ich meine, wenn das Thema hochkocht, wenn ich glaube, dass ich, was ich mir vorstellen könnte, dass es denkbar wäre, Impulse für eine sinnvolle Weiterentwicklung dieses unseren Landes mit aller Gewalt, ich meine: Kraft, was in meiner Macht steht, das muss man voraussetzen können, wer mich kennt, der weiß, ich mache alles aus tiefster Überzeugung, mit ganzer Kraft, und mehr ist zum derzeitigen Zeitpunkt nicht von meiner Seite dazu zu sagen, ich kenne Ihre journalistischen Spielchen, aber ohne mich, da müssen Sie nicht denken, also wirklich nicht. Im Übrigen – das sind Parteinternas, die gar nicht an die öffentliche Meinung gehören, und ich lasse mich auch nicht von der Parteiführung auseinanderdividieren. Solche Fragen können Sie meinetwegen einem Stümper stellen, also mir, ich meine: bei mir kommen Sie damit nicht durch.

Über den weiteren Stand der Dinge werde ich Sie auf Twitter ins Bild setzen, denn gegen diese einseitige Berichterstattung wehre ich mich so hart wie möglich. Ich muss schon sagen, da überrascht es nicht weiter, dass da Stimmen laut werden, wo sagen, dass es Untersuchungen gibt, dass die Medien glauben, dass sie hier die Meinungsführerschaft übernehmen. Wie? Na, Stimmen eben, ich lasse mich nicht von Ihnen da in einen Scheindiskurs hereinziehen, glauben Sie das nur nicht. Also, das geht gar nicht, ich will hier gar nicht mit der Lügenpressekeule kommen, das ist unter meinem Niveau, was jeder weiß, der mich kennt, aber wo Rauch ist, ist bekanntermaßen auch Feuer, das meine ich jetzt in Bildern, und ich will, was ich behaupten darf, dass ich darf, nun missbilligend das Studio hier verlassen, die Menschen da draußen haben sich jetzt ihre eigene Meinung gebildet, und die Zustimmung für mich in den sozialen Netzen spricht selbsterklärend. Wir können auch anders, da brauchen Sie sich nicht ins eigene Fäustchen lügen. Ihre und meine Fakten sind halt alternativ. Ich bin eben, und dafür schätzen mich die Leute aufs Heftigste, einer, der Klartext textet. Guten Abend!

Campen mit Hugo

-Anja Brand-

Es begann damit, dass wir den kleinen Platz im Emsland gegen Mittag erreichten. Uns wurde der Stellplatz zugewiesen und schnell fanden wir uns zurecht. Der Platz war übersichtlich, soll heißen, um die 100 Stellplätze und ein Sanitärgebäude, mit Kiosk.

Nachdem der Wagen halbwegs gut stand und unser Vorzelt irgendwie nicht richtig zu Stehen kam, gaben wir entnervt auf. Auch unsere Freunde, die schon lange auf diesem Platz dauercampten und sich mit Vorzelten recht gut auskannten, hatten keine Lösung. Egal, für die 14 Tage würde es reichen.

„Die Doofen werden nicht alle", sagte ich resignierend, als ich uns anmelden wollte und die Betreiberin des Campingplatzes mir von einer

39

ersten Beschwerde berichtete. Ich, oder vielmehr wir, hatten unwissend gegen die ach so wichtige, goldene Mittagspausenschläfchenregel verstoßen...

ABSOLUTE (!!!) Ruhe von 13 bis 15 Uhr. Es ist alles verboten, was man hören könnte. Fahren, egal mit was, selbst das Knarren der Fahrradkette stört. Sprechen, besser man verständigt sich mit Zeichensprache. Atmen, nur wenn es wirklich leise bzw. geräuschlos ist. Schlucken, nur im Notfall! Selbst die Schranke zum Platz bleibt während dieser Zeit geschlossen. Und, was nicht unerwähnt bleiben sollte, Ja den Nachbarn nicht persönlich auf seine schlimme Verfehlung des Geräusche Machens ansprechen. Er könnte sonst störende Dinge direkt einstellen und einem damit die Möglichkeit zur Beschwerde nehmen.

So sind wir seit einiger Zeit auf diesem Platz. Wir haben zwar die Reihe gewechselt, unser

Wohnwagen steht jetzt fest in der ersten Reihe, aber wir sind geblieben.

Der zweite Blick war entscheidend. Der Platz ist klein und gemütlich, die Gegend wirkt auf mich beruhigend, die Luft ist klar und es ist nicht weit entfernt von einigen Ausflugsorten. So ist man in Nullkommanichts in Holland oder an der Nordseeküste. Nicht zuletzt liegt es aber auch an den Menschen die hier sind. Klar gibt es hier, wie auch sonst im Leben, alle Facetten. Vom kleingeistigen Spießer bis zum standhaften Freund, vom Baby bis zum Greis findet sich hier alles. Die gesamte Bandbreite der Gesellschaft ist hier vertreten.

Vor einiger Zeit hätte ich mir Dauercamping nur sehr schlecht vorstellen können. Aber die Umstände haben sich verändert und jetzt bin ich glücklich auf diesem Campingplatz.

Nur einer stört wirklich und nachhaltig diese Idylle. Ich habe ihn Hugo genannt. Hugo ist klein, dunkelbraun, pelzig und blind. Er hatte mich schon auf unserem ersten Stellplatz geärgert. Damals begann die Geschichte.

Jeden Morgen waren seine Erdhaufen da. Tagsüber tat sich nichts, aber morgens rückte er mit großen Schritten immer näher an unser Vorzelt heran. Zuerst fand ich es witzig, beobachtete seine Bauwerke, die mal rechts und mal links auf dem Rasen aus dem Boden wuchsen. Da wir in unserem Zelt nur provisorisch einen kleineren Teppich gelegt hatten, war es nur eine Frage der Zeit, bis er einen besonders großen und hohen Maulwurfshaufen direkt im Eingangs-bereich hinterließ. So langsam hörte dann aber auch für mich der Spaß auf.

Es musste in den frühen Morgenstunden gewesen sein, denn am späten Abend, als ich die

Abendrunde mit unserem Hund machte, war er noch nicht da. Am Morgen prangte er groß, dunkelbraun und hässlich direkt vor unserer Eingangstür. Als ich den ersten Schritt aus dem Wohnwagen und die kleine Stiege hinunter machte, mit einem großen Platsch in unserem Vorzelt lag, einen Schlappen am Fuß, den anderen im Maulwurfshügel steckend, schwor ich Rache!

Einen Tag später lag die Nachbarin, die schräg gegenüber ihren Platz hat, auf den Knien auf dem Rasen und bearbeitete mit einer kleinen Schüppe die frisch aufgeworfenen Hügel. Dabei schimpfte sie wie ein Rohrspatz.

„So ein kleines Miststück", beschwerte sie sich laut, „guck sich einer diesen Mist hier an, und wir tragen uns den ganzen Dreck ins Zelt. Hol ihn der Kuckuck! Verrecken soll das Miststück!"

Ich sprach sie an und nach einer Weile stellte sich heraus, dass der Maulwurf schon seit einigen Jahren hier sein Unwesen trieb.

Er erschien immer dann, wenn der Rasen gerade besonders schön war, neue Blumen gepflanzt, oder der Platz vor dem Vorzelt neu hergerichtet worden war. Hugo machte vor keinem Platz halt. Er grub mit Vorliebe nachts und wenn man am Morgen den Platz betrat, fand man die neuesten Bauwerke des tierischen Baumeisters.

Wir zogen also in die erste Reihe.

Hier haben wir uns häuslich niedergelassen. Wir kauften uns ein neues Vorzelt, haben es nach unseren Wünschen ausgebaut und gestaltet. Ein fester Fußboden, eine Einfassung mit Pflanzsteinen und der Innenausbau haben unser Zuhause auf Zeit individuell und wohnlich gemacht. Mit viel Liebe gehen wir jetzt an die Außengestaltung. Wir träumen von einem Strandkorb und einer bunten Bepflanzung.

Es ist Morgen und ich komme verschlafen vom Sanitärgebäude und wanke zu unserem Stellplatz. Die Sonne geht gerade auf und leichter Nebel liegt über taunassem Rasen. Ich habe unseren Wohnwagen fast erreicht, da scheint sich der Rasen plötzlich zu bewegen. Wie angewurzelt bleibe ich stehen. Langsam wächst ein Erdhaufen aus dem Boden. Er wird immer größer und auf dem Gipfel sehe ich zwei kleine Grabschaufeln. Sie buddeln unaufhörlich und schichten die Erdklumpen immer weiter auf. Ein kleiner spitzer Kopf mit einer langen Nase verharrt plötzlich ganz ruhig und er scheint in meine Richtung zu sehen. Die kleine Nase wackelt unaufhörlich hin und her. Mit flinken Bewegungen ist er auch plötzlich wieder verschwunden. Was zurück bleibt ist ein hässlicher hoher Erdhaufen, der auf UNSERER Wiese, mitten auf UNSEREM Platz, vor UNSEREM Eingang liegt.

Aber erfahrungsgemäß bleibt es nicht bei diesem einen Erdhaufen. Auf dem Platz schräg gegenüber hat es genauso angefangen. Am ersten Tag gab es einen Maulwurfshaufen, am zweiten Tag waren es schon drei. Die Nachbarn schworen anfangs Rache, gaben allerdings am fünften Tag entnervt auf und der Platz glich einem umgepflügten Acker.

Ich weiß sofort, es muss etwas passieren, sonst erobert dieses kleine pelzige Etwas auch unsere Idylle. Mit einem Schlag bin ich hellwach und topfit. Ich schmeiße meinen Mann aus dem Bett und zeige meiner mausverrückten Dackel-Terrier-Hündin das frisch entstandene Bauwerk. Sie nimmt sofort Witterung auf und beginnt umgehend mit aufwendigen Erdarbeiten. Sprich, sie gräbt aufgeregt und schwanzwedelnd den neuen Erdhaufen um. Sie ist dabei so gründlich, dass der durch den Maulwurf entstandene Erdhaufen anschließend großflächig verteilt und der dabei entstandene Schaden doppelt so groß ist. Außerdem sieht Jule aus wie ein Erdferkel, mit Grasbüscheln und Erdklumpen an den Lefzen. Die Krallen, eigentlich die ganzen Pfoten, sind erdverklebt und als Jule endlich von dem Maulwurfshügel ablässt, erkennt man unseren Platz kaum wieder.

Nachdem unser Hund geduscht und sauber ist, juchuhh, hier gibt es eine Hundedusche, schmieden mein Mann und ich gemeinsam einen Plan. „Was hältst du davon, diese Haarflämmsache mal zu versuchen", fragt mich mein Mann. Ich weiß zwar nicht, woher er diesen Tipp hat, aber wir probieren es aus.

Jule muss also ein paar Haare lassen, die wir etwas ankokeln. Danach werden sie im Eingang zu Hugos Reich platziert.

Maulwürfe, das wissen wir aus dem Internet, können zwar kaum sehen, aber dafür sehr gut riechen und auch fühlen. Hugo scheint noch über andere Sinne zu verfügen. Am nächsten Tag befinden sich vier Maulwurfshügel auf unserem Stellplatz. Mein mir angetrauter Ehegatte sitzt wutschnaubend in unserem Vorzelt. Als ich mit frischen Brötchen und Zeitung das Zelt betrete, hat er recherchiert und sich mit unseren Nachbarn beraten. Man ist sich einig: Jauche vertreibt Hugo definitiv!

Noch bevor ich meine Bedenken äußern kann, beginnt Phase zwei. Es wird eine Pflanzenjauche aus Brennnesseln und Wermut angesetzt. Eine andere Nachbarin hat gehört, dass man saure Milch mit etwas Wasser und gepresstem

Knoblauch vermischen soll und diesen Sud in die Eingänge des Maulwurfbaus einträufeln soll. Da der Jaucheansatz noch etwas Zeit braucht, reift die Saure-Milch-Knoblauch-Variante zur Vollendung und wird direkt umgesetzt. Kurze Zeit später wabert ein unangenehmer Geruch über den Platz. Erste Mitcamper rümpfen die Nase, wenn sie an unserer Parzelle vorbeigehen. Glücklicherweise verfliegt der Geruch nach einiger Zeit wieder und wir können am Ende des Tages auf unseren Platz zurückkehren.

Hugo scheint der Geruch nichts auszumachen. Er gräbt weiter und verziert unseren Platz mit immer mehr Erdhaufen. Weder Jule noch wir kommen noch mit halbwegs sauberen Pfoten, bzw., Füssen in unseren Wohnbereich. Unsere Schuhe sind stets schlammig und wir müssen die Pfoten unseres Hundes mehrmals täglich abwaschen. Was sie nur grummelnd und mit Protest über sich ergehen lässt.

Das wird noch schlimmer, als mein Mann den Rat eines Nachbarn annimmt und die frischen Hügel mit reichlich kaltem Wasser einschlämmt. Ich habe das Gefühl in einer Schlammgrube zu hausen, während Hugo das alles nicht zu interessieren scheint.

Die Campingplatzbetreiber haben einen Bauern ausfindig gemacht, der mit süffisantem Lächeln gerne etwas frische Jauche abgibt. Warum er so freundlich gelächelt hat, wissen wir einen Tag später. Der ganze Campingplatz stinkt wie eine Jauchegrube. Der einzige Grund, warum man uns noch auf dem Platz duldet ist, dass alle Camper immer wieder unter Hugos Maulwurfshügel leiden müssen und froh sind, dass wir ihm den Kampf angesagt haben und ihm Paroli bieten.

Manchmal, wenn ich in aller Ruhe über Hugo nachdenke, empfinde ich irgendwie Zuneigung und Bewunderung für unseren kleinen pelzigen Widersacher.

Nachdem er unsere Parzelle verwüstet hat, haben wir zwei Tage Ruhe. Es liegt Hügel an Hügel. Er hat ganze Arbeit geleistet.

Ein Schrei und wüste Beschimpfungen reißen mich am nächsten Morgen aus dem Schlaf.

„So ein verdammtes Drecksviech, das muss man mal gesehen haben. Mein schöner Rasen. Den mach ich kalt, wenn ich den erwische!"

Hugo ist bei unseren direkten Nachbarn eingefallen. Gleich drei dicke Hügel verzieren den mit Nagelschere geschnittenen Zierrasen.

Der Wermut-Brennnessel-Jauche-Ansatz hat inzwischen seine Ausgießreife erreicht und findet direkt Verwendung. Froh, dass dieses Gebräu nicht bei uns zum Einsatz kommt, geben wir es gerne weiter und starten direkt zu einem Ganztagsausflug, froh diesem Gestank zu entkommen. Zwei Parzellen weiter rüstet sich der nächste Camper gegen Hugo. Er hat einen Spaten in der Hand und gräbt alte Flaschen ein.

„Ich habe mich mit Kleingartenbesitzern unterhalten", erklärt er mit wichtiger Miene. „Die haben mir den Tipp mit den Flaschengegeben. Wenn man die schräg einbuddelt, geben sie bei entsprechendem Wind Töne ab. Das kann ein Maulwurf nicht leiden und haut ab!"

Er hat schon fünf Flaschen eingegraben, als ich ihn lächelnd an die goldene Mittags-pausenschläfchenregel erinnere.

Zähneknirschend erklärt er, dass er die Flaschen erst wieder ausbuddelt, wenn Beschwerden kommen. Da wir alle wissen, dass das nicht lange dauern wird, sind die Tage der Flaschen gezählt.

Aus diesem Grund fällt auch das Aufstellen von elektronischen Maulwurfschrecks weg. Das Piepen würde einige Camper schier zur Weißglut bringen.

Ein Camper, eine Reihe hinter uns, richtet eine Nachtwache ein. Er ist der Meinung Hugo in flagranti am ehesten zur Strecke bringen zu können. Wobei wir ihn immer nur vertreiben wollen. Ab sofort ist die Campinganlage absolut sicher. Es formiert sich eine Campingbürgerwehr im Kampf gegen den gemeinen Maulwurf. Bewaffnet mit allerlei Gerät patroullieren abwechselnd die Campingnachbarn.

Meine innere Verbindung zu Hugo wird langsam immer enger. Bei aller Abneigung gegen seine Bauwerke, empfinde ich eine Verbundenheit die weit über Mitleid mit der Kreatur hinausgeht. Ich mag seine Eigenwilligkeit, seine Entschlossenheit, dass er sich nicht von seinem Weg abbringen lässt und beharrlich seinen Weg geht. Wenn man ihn einmal zu Gesicht bekommt, kann man sein samtig glänzendes Fell bewundern. Außerdem befreit er uns von Insekten und lockert den Boden auf.

Trotzdem, ich hasse seine Bauwerke!

Ich weiß nicht, ob Hugo auch zu mir eine Verbindung hat, aber ich bin die Einzige, die ihn mehrmals sieht.

Wieder ist es ein früher Morgen, als ich von der Toilette zu unserem Wohnwagen zurückgehe. Von weitem sehe ich ihn, wie er den Dreck aufhäuft. Blitzschnell schnappe ich mir die Schaufel, die am Geräteschuppen des Nachbarn lehnt. Mit einem tiefen Stich, seitlich in den Maulwurfshügel, hebe ich das Bauwerk fast komplett an.

Ein schriller Schrei meinerseits zerreißt die morgendliche Stille auf dem Campingplatz. Es dauert nicht lange bis die ersten Mitcamper mit kleinen verschlafenen Augen aus ihren Zelten stürzen, um die Quelle des Schreis zu orten.

Ich halte, mit vor stolz geschwellter Brust meine Beute hoch. Hugo, total verängstigt, entweder wegen des Schreies oder der Tatsache gefangen worden zu sein, liegt still auf meiner Schaufel. Mein mir angetrauter Ehegatte bringt mir rasch einen kleinen Karton, in den ich Hugo mit einem dicken Grasbüschel einbette.

So schnell wie heute sind wir selten startklar. Wir ziehen uns in Windeseile an, packen den Karton mit Hugo und unserem total verdatterten Hund ins Auto und fahren los.

Schon lange habe ich mir über das wahre Maulwurfparadies Gedanken gemacht. Der Entschluss steht schon seit ein paar Tagen fest. Hugo soll es einmal besser haben, als immer der Gefahr ausgesetzt zu sein, von uns durchgeknallten Campern gejagt und auch gefangen zu werden. Nicht jeder meiner Nachbarn teilt meine Ansicht Hugo freizulassen, aber ich bin sicher, Hugo soll leben.

Als wir ihn vorsichtig auf die Wiese von Schloss Clemenswerth setzen, schaue ich mich gründlich um. Ich setze Hugo mit seinem Grasbüschel direkt neben ein Mauseloch, zwischen den Pavillons Münster und Hildesheim auf die riesige Wiese. Nach einer kurzen Verabschiedung überlassen wir den Maulwurf seinem Schicksal, nicht ohne ihm 'Alles Gute' zu wünschen.

Wir kehren auf den Campingplatz zurück und werden mit großem Hallo und Tamtam empfangen. Man feiert mich als die 'Befreierin des Platzes' und spontan wird für den Abend eine Grillaktion mit Bier und Deitermanntropfen ausgerufen.

Drei Tage später halte ich es nicht mehr aus. Ich muss wissen, wie es Hugo geht und so fahren wir gespannt zum Schloss Clemenswerth. Schon von weitem sehen wir mindestens 12 Maulwurfshügel, alle mehr oder weniger frisch aufgeworfen. Ich freue mich wie verrückt. Hugo hat sein neues Zuhause angenommen.

Bevor wir zwei Wochen später wieder in Richtung Heimat aufbrechen, statten wir Hugo einen erneuten Besuch ab. Die Wiese zwischen Münster und Hildesheim gleicht einem Truppenübungsplatz. Der Maulwurf läuft wohl gerade zu großer Form auf, denn auch die nächste Wiese, zwischen den Pavillons Hildesheim und Paderborn trägt erste Markenzeichen. Mit der

Gewissheit den Schlossmaulwurf Hoheit Hugo den Ersten glücklich gemacht zu haben, verlassen wir das Emsland.

Verknotungen

-Carsten Wunn-

Meine Seele und mein Wille haben sich verknotet. Schön ist das nicht. Aber was soll ich machen? Ich habe keine Ahnung. Keiner hat Ahnung, keiner kann mir helfen. Ich bin verzweifelt. Nächtelang grüble ich nach, um eine adäquate Lösung zu finden. Doch ich finde keine und die Willen- und-Seelen-Verknotung hindert mich zusätzlich daran, klar zu denken.

Doch erst möchte ich erzählen, wie es zu dieser verhängnisvollen Verknotung kam:

Es war in Heidelberg. Meinem alten Wohnort. So ungefähr Mitte letzten Monats. Ich joggte den Königstuhl hinauf, keinen sehr hohen, aber für einen Flachländer wie mich ein schon fast unbezwingbare Ausmaße annehmender Berg. 568 m hoch.

Ich lief. Ich ächzte, stöhnte, schwitzte. Ich schwitzte, ächzte und stöhnte. Und lief immer weiter.

Mein Wille sagte zu mir: „Durch, durch, durch, durch, durch! Immer weiter, weiter, weiter!" Und ich lief. Immer weiter. Weiter, weiter, weiter.

Doch so nach dem 400. Höhenmeter nahm meine Seele Kontakt zu mir auf.

Sie fragte mich: „Jetzt mal ganz im Ernst, Carsten, was machst du hier eigentlich? Bist du sicher, dass du noch alle Tassen im Schrank hast?"

Vielleicht sollte ich dazu erklären, dass meine Seele nicht unbedingt zart besaitet ist. Sie hat schon einiges mitgemacht.

Ich stöhnte, ächzte und schwitzte einfach weiter. Und versuchte, keine Notiz von ihr zu nehmen. Mein Wille hatte die Oberhand.

Die Seele bohrte weiter: „Carsten, was ist der Sinn dieser Unternehmung? Du läufst hier einen Berg hoch, obwohl man am Fluss klasse auch ebenerdig und damit bequemer laufen kann. Du stöhnst weitaus lauter als jede alte Dampflok, dir läuft der Schweiß literweise vom Körper und rein optisch wirkst du so, als würdest du innerhalb kürzester Zeit zusammenbrechen und definitiv nicht mehr aufstehen".

Ich antwortete nicht.

Mein Wille sagte zu mir: „Durch, durch, durch, durch, durch! Halt durch!"

Ich setzte nur noch einen Schritt vor den anderen. Ganz mechanisch.

Schon wieder meldete sich meine Seele zu Wort. Langsam ging sie mir auf die Nerven. Und irgendwie hatte ich das Gefühl, dass sie sich mit meinem Verstand zusammengetan hatte.

„Carsten, du ruinierst deine Bandscheiben. Merkst du das nicht? Merkst du nicht, dass du deine Gefühle abtötest und mit Füßen trittst?"

Ich merkte gar nichts mehr

„Höre auf dein Gefühl. Das Leben ist nicht nur Kampf. Man muss nicht alles tun, um etwas zu erreichen. Nicht alles!"

Jetzt fing sie auch noch an, philosophisch zu werden. Mein Geduldsfaden begann langsam zu reißen.

„Halt einfach den Mund, halt einfach den Mund", murmelte ich vor mich hin und meine Seele stürzte sich in ein tiefes Schweigen.

Die nächsten Minuten triumphierte mein Wille. Ich setzte einen Schritt vor den anderen. Immer weiter, immer weiter. Der Rücken schmerzte, die

Fußsohlen brannten, auch die Muskeln waren nicht mehr frisch.

„Hör endlich auf, du machst dich kaputt", meldete sich wieder meine innere Seelenstimme.

Ich lief weiter...

Plötzlich rastete mein innerer Wille aus: „Halt einfach die Fresse! Okay? Sonst hau ich dir was auf die Zwölf!"

Die Seele provozierte: „Komm doch, komm doch, komm doch, wenn du dich traust!"

Jetzt hatte ich aber wirklich die Nase voll. Beide - sowohl meine Seele als auch mein Wille - konnten sich überhaupt nicht prügeln, denn sie waren nur geistig und in mir anwesend. Weder hatte mein Wille eine Faust noch meine Seele eine sogenannte „Fresse", die man einschlagen könnte. Außerdem ärgerte mich ihre Ausdrucksweise. Ich hatte mich immer für einen zivilisierten Menschen gehalten und überhaupt keine Ahnung, woher sie eigentlich diesen Wortschatz hatten.

Der Streit ging weiter und eskalierte. Ich muss zugeben, dass ich aus Gründen der Scham über den weiteren Hergang der Diskussion schweigen möchte. Ich hätte im Erdboden versinken können, während sich die beiden auf niedrigstem Niveau stritten wie kleine Kinder.

Und lief weiter...

Ich befand mich in einem körperlichen und geistigen Ausnahmezustand. Meine Wahrnehmung war gereizt und ich außergewöhnlich gestresst.

Plötzlich hörte ich Schritte und Stimmen im Hintergrund. „Du musst ruhen, um zu dir selbst zu finden", sagte eine betuliche Stimme. „Ach

Quatsch, lauf' einfach weiter, weiter, weiter!" eine andere.

Auch bei diesen beiden gab ein Wort das andere.

Ich drehte mich um.

Ein mittelalterlicher Brillenträger lief mit hochrotem Kopf hinter mir her und war drauf und dran, mich zu überholen: Koberstein, mein Freund und Laufrivale, war also auch gerade unterwegs. Und auch seine Seele schien seinem Willen die Hölle heiß zu machen. Sie stritten wie die Kesselflicker.

Und gerade als Koberstein sich anschickte, mich zu überholen, begann das Chaos.

„Koberstein, bist du wahnsinnig?" rief meine Seele.

„Halt dich da raus", zischte sein Wille zurück, während ihm mein Wille beipflichtete, nicht ohne von seiner Seele so richtig eingeschenkt zu bekommen.

Weiter...

Es war die Hölle. Unsere Seelen und Willen hatten sich völlig miteinander verknotet und stritten und beschimpften sich, was das Zeug hielt. Koberstein und ich liefen nur noch mit leeren Augen und völlig verwirrten Köpfen sinnlos vor uns hin. Kobersteins Kopf glühte in leuchtendem Rot und war wahrscheinlich noch Hunderte von Metern, evtl. sogar vom Weltall aus zu sehen.

Im Gegensatz dazu wurde ich aschfahl, meine Gesichtsmuskeln entgleisten und aus dem eingefallenen Gesicht stachen die vor Schreck geweiteten und die von Kummer und Sorge gezeichneten Augen hervor, die das Schlimmste befürchten ließen.

Wir liefen weiter, immer weiter. In unseren Köpfen herrschte das größte Chaos, das wohl überhaupt in einem menschlichen Hirn herrschen kann. Doch wir liefen weiter.

Als meine Seele erneut begann, zu keifen, brach ich zusammen.

Ich konnte diese Stimmen einfach nicht mehr hören. Sie erzeugten mir körperliche Pein.

Und damit war es jetzt vorbei. Gnädig senkte sich die Umnachtung über mich und drang in mich ein.

Ich wurde ohnmächtig.

Koberstein wurde durch meine Aufgabe entlastet und lief einfach weiter. Obwohl seine Seele und sein Wille weiter stritten, blieb er bei Bewusstsein.

Meter um Meter kämpfte er sich hoch. Als er den Funkturm auf dem Königstuhl erblickte, setzte er zum Spurt an. Doch es blieb beim Ansatz. Bereits nach 3 oder 4 Metern stolperte er. Die Verknotung von Wille und Seele hatte ihn dermaßen durcheinandergebracht, dass sich im Endspurt zu allem Unglück auch noch seine Beine miteinander verknoteten und er bäuchlings auf den Boden fiel.

Während ich bereits von einem zufällig vorbeifahrenden Mannheimer Lastentaxi in die Heidelberger Uniklinik gebracht worden war, lag Koberstein noch ein paar Minuten auf dem gar nicht so weichen Waldboden, bis er von Passanten gefunden und anschließend ärztlich versorgt wurde. Auch er wurde ins Krankenhaus gebracht, genau wie ich wurde er stationär aufgenommen.

Jetzt teilen wir dort ein Zimmer und irgendwie sind

wir beide mit unseren Verletzungen und Verknotungen nicht glücklich.

Aber wir machen das Beste daraus und ignorieren uns einfach.*

*Text bereits erschienen im Band „Streckenweise" (unter Autorenkreis Tintenfass veröffentlicht)

Verwirrung

-Regina Lehrkind-

Im verzettelten Alltag
versuchter Abhandlungen
verhindern
chaotische Zustände
klare Verhältnisse
im Dunst des Regelwerks

aufschrecken

Orientierungsverlust

Demenz

-Regina Lehrkind-

Im schleichenden Prozess
der Vergesslichkeit
reißen Fäden
Worte verlieren sich
Vorwärts wird Rückwärts
Erinnerungen verblassen
undeutlich werden Jahrzehnte
geliebte Menschen – **Fremde**
Greifen wird zum Begreifen
ein SEIN wird Nichts

es bleibt
MINUTENBUNT

Abgewickelt

-Regina Lehrkind-

Abgewickelt
legen sich Gedanken
auf den nackten Asphalt
leer die Spule
Zeitfäden gerissen

Beginn
einer stillen Reise
zum Grund
unter harten Krusten

Pfützen spiegeln

nicht glaskar

Gerissen

-Regina Lehrkind-

Gerissen
      der Faden
das Wort
      verloren
entwaffnet
      der Text

Stimmen im Kopf
    im NICHTS verhallen

Augen verlieren sich

-Regina Lehrkind-

Augen verlieren sich
im Himmelsblau
leise der Wunsch
Schneeflockentanz
zuzusehen

Wandbilder
    verrücken
        entrücken
            Wirrwarr

Verfallen dem Fiebertraum

Die Zeit

-Regina Lehrkind-

Die Zeit
taktet unermüdlich
wartet nicht auf Jahreszeiten
kennt keinen Anfang
kennt kein Ende

In Kindertagen
taktete Unbeschwertheit
taktete Zeit
im Überfluss

Dem Schutzmantel
der Familie entwachsen
Alltagsschuhe tragend
Ein Jäger der Zeit
jede Sekunde sinnvoll nutzend

Eingebrannt im Bewusstsein:

Sie ist kostbar, die Zeit!

Die Zeit
taktet unermüdlich

Ausbruch

-Regina Lehrkind-

Ausbruch
aus dem
geformten
Alltagssein

um zu **leben**

um zu **atmen**

um zu **spüren**

Momente
von Zufriedenheit

Ich bin ich

- Beate Kranz -

Der Freitagnachmittag war grau, nasskalt, mit Pfützen in unebenen Rinnsteinen und Schlaglöchern.

Dora hielt Abstand. Abstand zu den Pfützen und dem wartenden Wochenende.

Seitdem ihre Mutter vor einem Jahr gestorben war und sie das Haus mit der Grundstücksgrenze bis zum Waldrand alleine bewohnte, waren ihr die Stunden, es waren exakt 63 Stunden, bis zur neuen Arbeitswoche zu lang und zu nah. Stunden, die bis auf das Schlagen der dunklen Standuhr und das Brummen des Kühlschranks stumm blieben.

Dora hatte sich angewöhnt, an den Freitagen das Auto in der Garage zu lassen und mit dem Bus zur Arbeit zu fahren. An freundlichen Tagen stieg sie zwei Haltestationen eher aus. Das Wochenende verkürzte sich auf 61, 5 Stunden und war immer noch zu lang.

Heute hatte sie den Bus verpasst, der nächste fuhr erst dreißig Minuten später und das Wetter meinte es nicht gut mit ihr.

Regen, der sich wie Eistropfen anfühlte, schlug ihr ins Gesicht, verzerrte den Blick durch die Brillengläser, sorgte für nasse Beinkleider und klamme Hände.

61 Stunden Wochenende, wenn das Wetter gut wäre. Es war aber nicht gut.

Dora neigte den Kopf, um dem Regen zu entgehen, starrte auf die unebenen Platten des Gehwegs, mit den zerbrochenen Rändern und den krummen Linien. Als Kind hatte sie die Platten für Kästchenspiele benutzt oder hatte darauf geachtet, dass sie nicht auf die Fugen trat. Wer darauf trat, hatte verloren, so lautete ein Grundsatz.

Verloren hatte sie schon lange, egal, wie gut sie damals die Regeln beachtet hatte.

Der Regen wurde dichter, kälter. Es war riskant, die halbe Stunde hier auszuharren. Sie würde sich eine Erkältung holen und mit schniefender Nase und kratziger Stimme in der Arbeit erscheinen müssen.

‚Schnupfen ist keine Krankheit, allenfalls eine Beeinträchtigung', behauptete ihr Onkel immer, wenn sich einer seiner Angestellten krank meldete. Bei ihr hatte er noch weniger Verständnis. ‚Reiß dich zusammen, dann ist es auch nicht so schlimm', war seine Devise.

‚Ich gehe bis zur nächsten Haltestelle, dann ist mir nicht so kalt', entschied sie sich.

Ein weißer Eisentisch mit zwei passenden Stühlen auf dem Gehweg stoppte ihre schnellen Schritte, ließ sie innehalten und den Kopf zu den hell erleuchteten Fenstern mit der puristischen Auslage wenden.

‚Schmuck', stellte sie nüchtern fest.

‚Nichts für mich', konstatierte sie und blieb dann doch mitten im nächsten Schritt stehen.

Ein dreifacher Armreif aus Silber, neben zwei Manschettenknöpfen und einem Fingerring, lagen vor ihr, nur vom Glas des Schaufensters getrennt. Sie beugte sich vor, las die Worte, die dicht an dicht auf dem Edelmetall eingeprägt waren.

‚Ich bin ich, bin ich, bin ich, bin ich. Ich bin ich ,' buchstabierte sie.

‚Ich bin ich, bin ich, bin ich, bin ich. Ich bin ich.' Sie starrte auf den Reif, wiederholte erneut die Worte. ‚Ich bin ich, bin ich, bin ich, bin ich. Ich bin ich.'

Das Brummen eines sich nähernden Busses, das Zischen seiner Räder auf dem nassen Asphalt, riss sie aus ihrer Betrachtung. Sie rannte los, kam mit ihm gleichzeitig an der Haltestelle an, stieg ein und suchte sich schwankend einen Platz.

‚Ich bin ich, bin ich, bin ich, bin ich. Ich bin ich‘, echote es in ihrem Kopf. Die Stimme, besaß der Armreif eine eigene Stimme, überlegte sie, redete weiter.

‚Ich bin ich, bin ich, bin ich, bin ich. Ich bin ich.‘ Sie blickte aus dem Fenster, sah die vertrauten Häuser, die dünner werdende Bebauung; noch eine Haltestelle, dann käme die Freitagshaltestelle für schönes Wetter.

‚Ich bin ich, bin ich, bin ich, bin ich. Ich bin ich‘, wiederholte die Stimme. Dora schloss die Augen und hätte sich am liebsten die Hände vor ihre Ohren gehalten.

‚Ich bin ich, bin ich, bin ich, bin ich. Ich bin ich‘, die Stimme in ihrem Kopf kannte kein Pardon, redete weiter, schwieg nicht einen Moment, füllte ihr Denken aus.

„Endstelle“, eine emotionslose Computeransage brachte die Stimme in ihrem Kopf abrupt zum Schweigen.

„Junge Frau, hier ist Ende, weiter fahre ich nicht", Dora sah erschreckt in das ungeduldige Gesicht des Fahrers, der sich aus seiner Fahrerkabine herausgelehnt hatte und sie auffordernd anstarrte.

„Ich bin schon weg", murmelte sie, raffte ihre Tasche und sprang aus dem Bus. Hinter ihr wurden sofort die Türen verschlossen und der Motor abgestellt. Irritiert blickte sich Dora um, schaute zum Fahrer, der sich hinter einer Zeitung verschanzt hatte, studierte angespannt den angeschlagenen Fahrplan.

Vier Stationen zu weit und der Bus würde erst in sechzig Minuten zurückfahren, stellte sie fest. Sie wandte sich ab, ging bis zum Ende der Haltestelle, blieb stehen. Vorne, am Bus, wurde die Tür geöffnet. Der Fahrer stand in den Stufen, blickte spöttisch zu ihr rüber und ging langsam zu einem kleinen Häuschen aus Metall.

‚Dixi-Klo für Busfahrer', dachte Dora unangenehm berührt. ‚Wenn er dort wieder rauskommt, will ich hier weg sein.' Sie umklammerte ihre Handtasche fester, trat hinter den Bus und überquerte die Straße.

Das erste, was ihr auffiel, war ein altes, umgebautes Bahnhofsgebäude, in dem eine hell erleuchtete Ristorante untergebracht war. Sie erinnerte sich, dass vor einigen Jahren die Bahnstrecke, die in die zwei kleinen Nachbarstädte und zu der Zeche geführt hatte, still gelegt worden war.

Entschlossen öffnete Dora die Restauranttür, trat ein und hängte ihren Mantel an die Garderobe.

„Guten Abend", sagte sie leise zum Ober und blieb abwartend vor ihm stehen.

„Guten Abend, Signora. Sie haben reserviert? Wie lautet Ihr Name?"

‚Ich bin ich, bin ich, bin ich, bin ich. Ich bin ich', meldete sich die Stimme in ihrem Kopf.

„Ich", Dora brach ab, schüttelte den Kopf. „Nein, ich habe nicht reserviert."

„Sind Sie allein?"

‚Ich bin ich, bin ich, bin ich, bin ich. Ich bin ich.'

„Ja", sagte Dora und folgte dem Kellner, der sie zu einem kleinen Tisch führte, die Kerze entzündete und die Speisekarte dazu legte.

„Ein Mineralwasser, bitte", sagte Dora, bevor er sie fragen konnte.

„Kommt sofort", antwortete der Kellner und ließ sie allein.

Verlegen öffnete sie die Karte. „Willkommen in unserem Ristorante ‚La Pignata'", stand in geschwungenen Lettern auf dem Deckblatt, während auf der gegenüberliegenden Seite eine Pignata, ein Tontopf mit zwei Griffen, gezeichnet war. Verblüfft sah Dora auf die Zeichnung. Sie kannte sie, hatte sie vor vielen Jahren in der Kunstklasse ihres Gymnasiums gesehen. Pina hatte sie gezeichnet und dabei die Funktion der Pignata erklärt.

‚Nonna kocht noch immer damit. Der Topf ist aus Ton und wird in den Kamin gestellt‘, hatte sie gesagt und Dora zu sich nach Hause eingeladen. ‚Es gibt rote Bohnensuppe mit Sellerie, Tomaten und geröstetem Weißbrot. Komm mit, iss mit uns.‘

Dora war mitgegangen, hatte Nonna kennengelernt, hatte die Suppe gegessen und die Pignata gesehen.

„Sie haben gewählt?“ Der Kellner war zu ihr getreten, goss das Mineralwasser ins Glas.

„Ich möchte bitte die rote Bohnensuppe mit Sellerie, Tomaten und dem gerösteten Weißbrot.“

Überrascht starrte der Kellner sie an.

„Es gibt diese Suppe nicht?“, fragte Dora verunsichert. „Ich dachte“, sie tippte auf das Blatt mit der Zeichnung. „Ich dachte, Sie würden diese Suppe servieren. Ich habe sie schon einmal gegessen, nicht hier. Es ist viele Jahre her. Sie wurde in der Pignata gekocht. Hier, diese Zeichnung, die kenne ich auch." Sie brach ab, spürte, wie sie rot wurde. ‚Was ist bloß los mit dir', dachte sie. ‚Erst verträumst du es rechtzeitig auszusteigen, und jetzt erzählst du einem Fremden deine halbe Lebensgeschichte. Und das alles nur, weil du diesen Armreif gesehen hast.'

„Einmal rote Bohnensuppe mit Sellerie, Tomaten und geröstetem Weißbrot", wiederholte der Kellner die Bestellung. „Kommt sofort", fügte er hinzu und verschwand.

„Wer sind Sie?" Eine Frau war neben Dora getreten, stand mit verschränkten Armen vor ihr.

Erschreckt sah Dora auf, blickte in dunkle Augen, sah grau gewordenes Haar und rot gemalte Lippen.

‚Ich bin ich, bin ich, bin ich, bin ich. Ich bin ich', sagte die Stimme in ihrem Kopf.

„Ich", sagte Dora laut und versuchte diese Stimme zu übertönen.

Die Frau beugte sich vor, blickte ihr direkt in die Augen.

„Dora?", fragte sie. „Dora?", wiederholte sie.

„Ja", nickte Dora.

„Erkennst du mich nicht? Ich bin Pina." Die Frau lachte, zog Dora temperamentvoll vom Stuhl, umarmte sie. „Lucca sagte mir, dass du die Suppe bestellt hast und nach der Zeichnung gefragt hast. Du würdest sie kennen, hast du ihm gesagt. Niemand kennt diese Zeichnung, habe ich ihm geantwortet. Ich habe sie vor vielen Jahren gezeichnet. In der Schule, ich habe einer Freundin erklärt, was eine Pignata ist. Ich habe sie nur dieser Freundin gezeigt, niemandem sonst." Pina umarmte Dora erneut, drehte sich mit ihr im Kreis, und Dora erinnerte sich, wie temperamentvoll Pina schon damals gewesen war. Auch ihre Zeichnungen waren temperamentvoll, voller Leben und Schwung gewesen.

„Ich hätte nie gedacht, dich wiederzusehen", sagte Dora, als Pina endlich stehen blieb.

„Ich auch nicht. Ich war lange fort, doch nun bin ich wieder hier." Pina rückte den Stuhl neben Doras Stuhl, setzte sich, sah sie erwartungsvoll an. „Erzähle. Wie geht es Dir? Was machst Du? Wo wohnst Du?"

„Erzähle von dir", sagte Dora und hoffte, dass sie auf Pinas Fragen nicht zu antworten bräuchte.

„Das ist schnell erzählt. Nach dem Abitur ging ich nach Mailand, studierte Kunst und lernte Angelo kennen. Wir heirateten schnell, noch während des Studiums; gingen später nach Rom, dann nach Neapel und dann wieder nach Mailand. Und dort blieben wir bis zum Schluss."

„Was für ein Schluss?"

„Bis zum Ende", sagte Pina und schaute weg. „Angelo unterrichtete an einer Kunstschule und es gab Studentinnen, viele Studentinnen, schöne Studentinnen. Das Ende kannst du Dir denken."

„Und nach dem Ende?"

„Wurde mir bewusst, dass ich nichts gelernt hatte. Das Studium hatte ich nach der Heirat abgebrochen und war für Angelo dagewesen. Hatte die Umzüge geplant, unser Zuhause eingerichtet und den Alltag organisiert. Ich hatte viel getan, aber nichts gelernt. Eine bittere Erkenntnis."

„Kenne ich", sagte Dora, aber Pina hörte es nicht, redete weiter. „Zum Glück gab es Nonna", sagte sie.

„Deine Großmutter lebt noch?", fragte Dora überrascht und begann zu rechnen.

„Nein, aber sie war eine weise Frau. Sie schenkte mir ihr altes Kochbuch und ein Sparbuch. ,Nur für schlimme Zeiten', stand quer in ihrer Handschrift auf dem Deckblatt. Ihr Anwalt hatte es an sich genommen. ,So steht es im Testament', hatte er erklärt. ,Kommen Sie zu mir, wenn Sie Hilfe brauchen, ich werde für Sie da sein.'

Also fuhr ich zurück in den Süden, ging zu ihm, schilderte ihm die Situation. Er nickte. ,Es ist das eingetroffen, was Ihre Nonna immer befürchtet hatte. Man sollte sein Leben nicht in die Hand eines anderen legen und hoffen, dass er es gut bewahrt. Jeder Mensch kann nur ein Leben leben, nicht zwei', sagte er. ,Nehmen Sie das Sparbuch und ändern damit die schlimme Zeit in Ihrem Leben.'

Pina sah Dora an. „Es war viel Geld, und ich weiß bis heute nicht, wie Nonna an so viel Geld gekommen ist. Aber das Geld rettete mich. Es sorgte dafür, dass ich fortgehen konnte."

Dora nickte und dachte an das Geld, dass seit dem Tod der Mutter ihr gehörte. Geld, das auf einem Konto lag und angelegt werden wollte. Bis jetzt hatte sie keine Entscheidung getroffen, hatte sie von einer Woche auf die nächste geschoben.

„Was hast du mit dem Geld gemacht?", fragte sie, um nicht länger über sich nachdenken zu müssen.

„Ich wollte nur weg aus Italien, wollte weg von den Erinnerungen mit Angelo, wollte wieder dort sein, wo ich einmal glücklich war. Ich wollte wieder jung und voller Träume und Pläne sein. Also kam ich hierhin, entdeckte, dass das Bahnhofsgebäude zum Verkauf stand, kaufte es und eröffnete eine Ristorante. Lucca bedient und seine Frau Melissa kocht nach Nonnas Rezepten aus dem Kochbuch."

„Ist Lucca dein Sohn?", fragte Dora und schaute zu ihm hinüber.

„Ich habe keine Kinder", sagte Pina rau. „Ich weiß nicht warum. Es ist einfach so, sollte so sein. Angelo sagte, es sei nicht normal, dass eine Italienerin nicht schwanger wird. Es sei so, als trüge ein Baum keine Früchte. Er hat mich dafür verachtet. Als sei ich weniger wert." Sie schwieg, schaute auf ihre Hände, dann zu Dora.

„Und du? Was ist mit dir?"

„Was soll mit mir sein? Vor kurzem starb meine Mutter, seitdem lebe ich allein in dem Haus."

„In welchem Haus?"

„Na, in dem ich schon immer lebte", antwortete Dora und sah in Pinas überraschtes Gesicht.

„Du lebst noch zu Hause? Du bist nicht fortgegangen? Wie konntest du dann studieren? Wie konntest du dein Atelier eröffnen?"

„Ich habe nicht studiert", antwortete Dora und wäre am liebsten aufgesprungen und fortgelaufen. „Kurz nachdem du nach Italien gegangen bist, starb plötzlich mein Vater. Zu dem Zeitpunkt jobbte ich in der Firma meines Onkels. Er bot mir so etwas wie eine Stelle an, weil ich meine Mutter nicht alleine lassen konnte, wollte. Ich blieb, bin immer noch da. Ich habe nichts Richtiges gelernt, und mein Onkel, der noch immer die Firma leitet, behandelt mich dementsprechend. Du siehst, ich habe nicht studiert, und ich habe kein Atelier. Ich habe nichts von dem, was ich mir wünschte, erreicht", fügte sie hinzu und der Schmerz von Verlust und nicht ausgeträumten Träumen, der seit dem Tod ihrer Mutter in ihr groß geworden war und sie nachts wach liegen ließ, sorgte dafür, dass sie ihre Hände ballte und schwieg. „Ich habe keine Träume mehr, und die alten habe ich so gut wie vergessen."

Pina war aufgesprungen. „Warte, ich bin sofort zurück."

„Hier", sie knallte einen Umschlag auf den Tisch. „Mach auf", verlangte sie ungeduldig.

Eine Kladde und eine verblichene Farbfotographie rutschten Dora entgegen.

,Schlag auf und lies", sagte Pina und zeigte auf das Buch, auf dem in verschnörkelten Buchstaben ,Abi-Wunschbuch 1978' stand. Als Dora zögerte, nahm sie es ihr aus der Hand, blätterte, tippte dann auf eine Seite.

„Hier stehen deine Eintragungen", sagte sie und schob das Buch über den Tisch.

Dora betrachte ihre Handschrift, überlegte, ob sie sich in diesen vierzig Jahren verändert hatte. ‚Sie hat ihren Schwung verloren, und die Buchstaben sind näher aneinander gerückt', dachte sie.

„Lies mal laut", redete Pina in ihre Gedanken.

„Warum?", fragte Dora und wurde rot. „Ist doch vorbei. Ist alles lange vorbei. Es hat sich alles verändert."

„Na und. Du bist immer noch Dora. Du bist immer noch du."

‚Ich bin ich, bin ich, bin ich, bin ich. Ich bin ich', meldete sich die Stimme in ihrem Kopf wieder zu Wort.

Dora schaute zu Pina, die sich vorgebeugt und ihren Kopf auf die Hände gestützt hatte.

„Lies vor", wiederholte sie. „Wir alle haben unsere Träume und Pläne hineingeschrieben."

„Wer ist wir", fragte Dora.

Pina griff nach dem Foto, zeigte darauf. „Erinnerst du dich? Wir saßen auf der Treppe und jemand machte ein Foto von uns. Und dann überlegten wir, dass wir unsere Träume niederschreiben. Es sollte wie ein Poesie-Album für Erwachsene sein. Keine lieben Wünsche, sondern Träume, die in Erfüllung gehen sollten."

„Ich habe das alles vergessen", sagte Dora. „Und ich weiß noch nicht einmal, ob ich mein Buch überhaupt noch besitze."

„Irgendwo wird es schon sein. So etwas verliert sich nicht, hält sich höchstens verborgen, bis die Zeit dafür reif ist. Nimm solange meines, dort stehen deine Träume auch drin."

Dora schaute erneut auf das Buch, auf ihre Handschrift.

„Meine Träume", las sie zögernd.

„Ein Haus, das anders ist, das eine Sicht auf das Leben drumherum hat. Baumhaus, Leuchtturm, Windmühle.

Ein Badezimmer mit extra großer Badewanne auf Klauenfüßen.

Ein Atelier im Haus, um meine Bilder und Skulpturen auszustellen.

Geburtstage mit Zuckerwatte und Paradiesäpfeln.

Eine Perserkatze namens Brontë und einen ungarischen Hirtenhund der Gisbert heißt.

Eine schlüpferblaue Ente." Dora brach ab. „Meine Güte, was für verrückte Träume ich doch hatte."

„Sie sind nicht verrückt, es sind deine Träume. Sie gehören zu dir."

‚Ich bin ich, bin ich, bin ich, bin ich. Ich bin ich‘, flüsterte die Stimme.

„Träume sind Schäume", widersprach Dora, schob das Buch weg und griff nach dem Foto.

96

„Niemand von uns hat seine Träume erfüllt bekommen."

„Falsch", sagte Pina und rückte ihren Stuhl neben Dora, zeigte auf die Fotografie. „Kai liebte Filme und Musik, verbrachte ganze Nachmittage und Abende in den Kinos. Er hat seine Liebe zum Beruf gemacht und komponiert Filmmusik. Mareile ist Modedesignerin in London; und Carsten, erinnerst du dich an Carsten? Er trug immer einen Wecker, der zu den unpassendsten Zeiten klingelte, in seinen Jackentaschen und schrieb diese schrägen Geschichten über Katzen. Er wollte immer Schriftsteller werden und hat es geschafft. Er ist bei Fischer unter Vertrag." Pina berührte Doras Hand, löste langsam die zur Faust geballten Finger. „Was hindert dich daran, deine Träume wahr werden zu lassen?"

„Weil es zu spät ist, weil die Weichen anders gestellt worden sind."

„Weichen können umgestellt werden. Komm, ich zeige dir etwas. Es wird dir gefallen." Pina sprang auf, zog Dora hinter sich her und durch eine rückwärtige Tür nach draußen.

„Siehst du? Das Gebäude, das wie ein Pilz aussieht? Es ist das alte Stellwerkhaus und es gehört zum Bahnhof und somit mir. Hier wurden früher die Weichen gestellt, hier wurde jedem Zug die eigene Richtung zugewiesen." Pina schwieg, sah Dora an. „Vielleicht ist das dein Baumhaus, Leuchtturm, deine Windmühle. Du könntest es kaufen, könntest dein Atelier einrichten, eine Badewanne mit Klauenfüßen installieren und die Geburtstage mit Zuckerwatte und Paradiesäpfeln feiern. Du bist immer noch du. Deine Träume sind nicht tot, sie warten auf dich. Es liegt allein an dir."

Dora schaute lange durch den Regen zum Stellwerkhaus, das wie ein Pilz aussah. Es war kein Baumhaus, kein Leuchtturm, keine

Windmühle, aber es bot eine weite Sicht auf die Umgebung und auf das Leben drumherum.

‚Ich bin ich, bin ich, bin ich, bin ich. Ich bin ich ‘, sagte die Stimme.

‚Ich werde die Weichen in meinem Leben neu stellen‘, entschied Dora. ‚Morgen werde ich in das Schmuck-Atelier gehen und mir den Reif kaufen. Und dann werde ich über das Stellwerkhaus und mein Wunschatelier nachdenken.‘

„Wir sollten unser Wiedersehen mit Zuckerwatte und Paradiesäpfeln feiern“, sagte sie zu Pina und dann lachte zum ersten Mal nach langer Zeit.

Wir stellen uns vor:

Anja Brand

Geboren 1961 in Hohenlimburg. Unterm Schloss-berg entdeckte sie recht früh ihre Freude am Schreiben, schloss sich aber erst 2010 dem Autorenkreis Tintenfass an, aus dem die Autorengruppe LITERA hervorging.

„Schreiben ist für mich wichtig, da kann ich meine Gedanken fliegen lassen. Ein Stück Freiheit für den Geist."

Beate Kranz

Geboren 1964 in Herne/Westfalen, lebt seit 1989 aus Überzeugung in Breckerfeld.

Bereits als Kind schrieb sie erste Geschichten und Gedichte. Seit 1997 gehörte sie zum Autorenkreis Tintenfass.

„Schreiben ist für mich eine Möglichkeit, Fantasie und Kreativität auszuleben und Dinge und Situationen in eine andere Sichtweise zu setzen."

Regina V. Lehrkind

Geboren 1969 in Trepuzzi / Italien, schreibt seit 1986 Lyrik. Sie kreiert mit Worten Bilder und lässt diese sprechen. Erfahrungen festhalten, Unausgesprochenes sprechbar machen, den normalen Alltag verändern, alles in ein neues Licht bringen, Leben mit Wortkleidern schmücken.
Sie ist Mitglied der Autorinneninnung e.V. und seit 2018 der Autorengruppe LITERA.

Nuri Ortak

Geboren 1971 in Hagen, schreibt seit fast 25 Jahren Texte aller Art. Er ist besonders an den Höhen und Tiefen der deutschen Sprache interessiert und hofft, dass dies auf Gegenseitigkeit beruht.

Literatur sollte nutzen und erfreuen – keine ganz neue, aber eine gültige Erkenntnis.

Frank Siebel

Geboren 1965 in Siegen, kam 1998 über Kurse zum ‚kreativen Schreiben' an der VHS Hagen zum Autorenkreis Tintenfass.

Frank Siebel sieht Schreiben als „Spielplatz der Fantasie".

Carsten Wunn

wurde 1967 in Meerbusch geboren. Er schreibt überwiegend humoristische Geschichten aus dem Pelztiermilieu. 2008 wurde sein Roman „Kniesel und ich" veröffentlicht und seit Sommer 2010 ist er Mitglied im Autorenkreis Tintenfass.